조선 궁궐 일본 요괴

윤남윤 그림
조영주 소설

흥선대원군이 경복궁 경회루를 다시 세운 이후, 경복궁은 여러 차례 대규모 공사가 진행되었고, 그때마다 다수의 유물과 흥미로운 것들이 발견되었다. 1990년 진행된 보수공사 때도 마찬가지였다. 공사를 시작하기에 앞서 실시했던 지질공사에서 경회루 근처에 오이밭이 있었다는 사실이 밝혀졌다. 호기심이 생긴 공사업체와 지질학자는 역사학자에게 의뢰하여 조선왕조실록을 조사하였고 그 결과, 조선하고도 선조시대, 임진왜란이 끝난 이듬해 불탄 경회루에 오이밭을 조성했다는 기록을 찾아냈다. 이후 공사 도중 작은 접시가 나오자 공사업체는 역사학자에게 접시를 보내 감정을 의뢰했다. 이내 그 접시가 일본 양식이라는 사실이 밝혀지자 일제강점기 시절 누군가 연못에 빠뜨린 게 아닐까 하는 추측과 함께, 보다 정밀한 감정을 위해 국립현대미술관으로 접시를 보내게 됐다. 그러자 더 희한한 결과가 돌아왔다. 접시의 소재나 만들어진 시기를 짐작할 수 없었다. 또 탄소연대를 측정한 결과, 접시가 만들어진 시기는 최소한 2,000년 이상 된 것으로 추청되었다.

어찌하여 일제강점기 시절, 재건된 경복궁 경회루에서 2,000년 전의 일본 사기 접시가 나왔는가. 공사업체의 호기심에서 시작된 의문은 지질학자, 역사학자, 도예가를 거쳐 매스컴에 발표되기에 이르렀으나 이유는 결국 수수께끼로 남았다.

　선조 25년, 서기로 따지면 1592년 4월 '임진왜란'이 일어났던 때의 이야기다. 너무 오래 살아 심심함을 느끼던 캇파는 왜적 사이에 끼어 조선으로 건너왔다. 전쟁터의 피 냄새에 아랑곳하지 않고 유유자적 조선을 유람하다 한양에 도착하였다.

캇파는 왕이 도망쳐 텅 빈 경복궁에 숨어들었다가 경회루의 아름다움에 탄복했다. 어둠 속, 형형히 빛나는 높다란 처마 끄트머리에 닿은 연못을 보자마자 바로 뛰어들었다. 통통하게 살이 오른 잉어를 한입 가득 삼켜 먹기도 하고, 바닥까지 닿도록 갈퀴 손과 갈퀴 발로 헤엄을 쳐 다녔다.

기쁨도 잠시, 경복궁에 불이 났다. 인간들은 뛰어들어 때려 부수고 물건을 훔쳤고, 그 혼란 속에서 캇파가 할 수 있는 일이라고는 갈퀴 손으로 연못에서 잉어 몇 마리를 건져내는 일뿐이었다. 연못을 빠져나온 잉어는 몇 번을 파닥였고, 캇파는 잉어를 바라보다 한입에 덥석 삼켰다. 그 사이 경회루는 무너졌고, 연못은 진흙투성이가 됐으며, 인간들은 자취를 감췄다.[1]

---

1 경복궁을 턴 이가 왜적인가 백성인가는 정확히 알 수 없다. 『이야기로 풀어쓴 조선왕조실록』에서는 백성방화설을 주장한다. '선조가 도성을 몰래 빠져나가자 한양의 백성들은 장예원과 형조의 관아를 불태우고 창덕궁을 습격하여 귀중품을 약탈하고 경복궁을 불태워 버렸으며, 선조의 첫째 아들인 임해군의 집을 불태웠다.' (유종문, 『이야기로 풀어쓴 조선왕조실록』, 아이템북스, 2008, p.271~272)
다른 견해도 있다. 바로, 왜군의 침략 및 방화설이다. 선조실록엔 5월 3일, 왜군이 종묘에 머무른 후 불이 났다는 기록이 있다. 일본인 장수가 쓴 『조선정벌기』는 5월 3일엔 궁이 텅 비어있었고 매우 아름답다고 전하며, 「서정일기」에는 5월 7일 경복궁이 불에 탔다고 적혀 있다. 이 설에 따르면 경복궁에 불을 지른 것은 백성이 아닌 왜군이 된다. (참조 : 신개념 역사 블로그-임진왜란, 정말 백성이 경복궁에 불질렀나? http://blog.naver.com/tmskdlvj4958/120112954009)
나는 이 두 가지 가설 중 후자를 선택했으나, 누가 불을 태웠는가에 대해서는 알 수 없다는 입장으로 본문을 적었다.

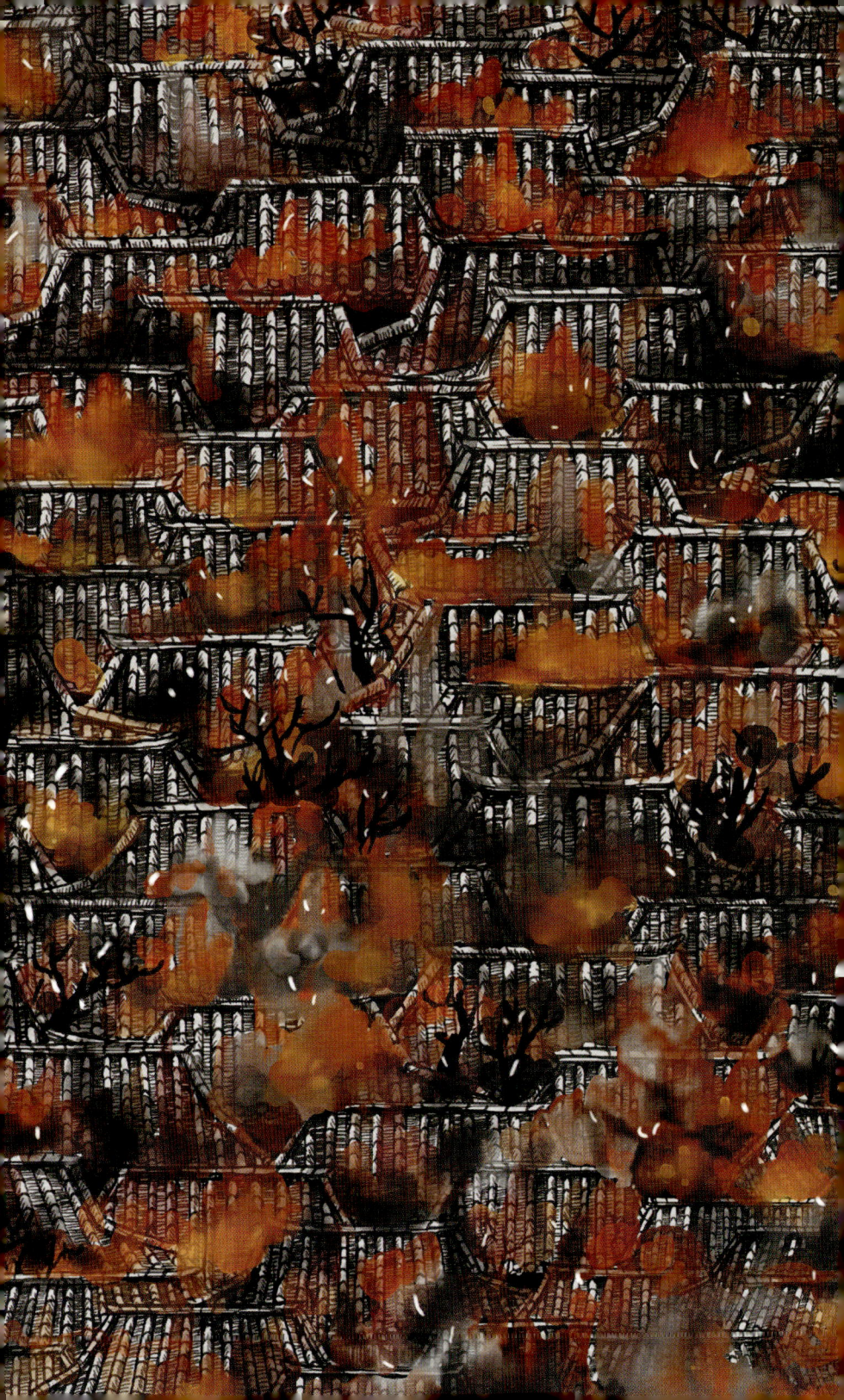

홀로 남은 캇파는 아무것도 할 수 없었다. 캇파가 아는 거라곤 잉어가 참 맛있다는 사실과 자신의 머리 접시가 서서히 말라 간다는 사실 뿐이었다.

캇파는 머리 접시를 채울 깨끗한 물을 찾았다. 연못의 물은 진흙투성이가 되어 쓸 수 없었기에 궐 안의 소주방을 기웃거리다 뒤편 우물을 찾아냈다. 우물물을 길어 머리 접시를 채우고 자신도 한 모금 입을 추였더니 방금 삼킨 뱃속의 잉어가 꿈틀거렸다. 캇파는 쾅! 소리 나게 배를 한 대 쳐서 잉어를 얌전하게 만들고는 "꺼억" 트림했다.

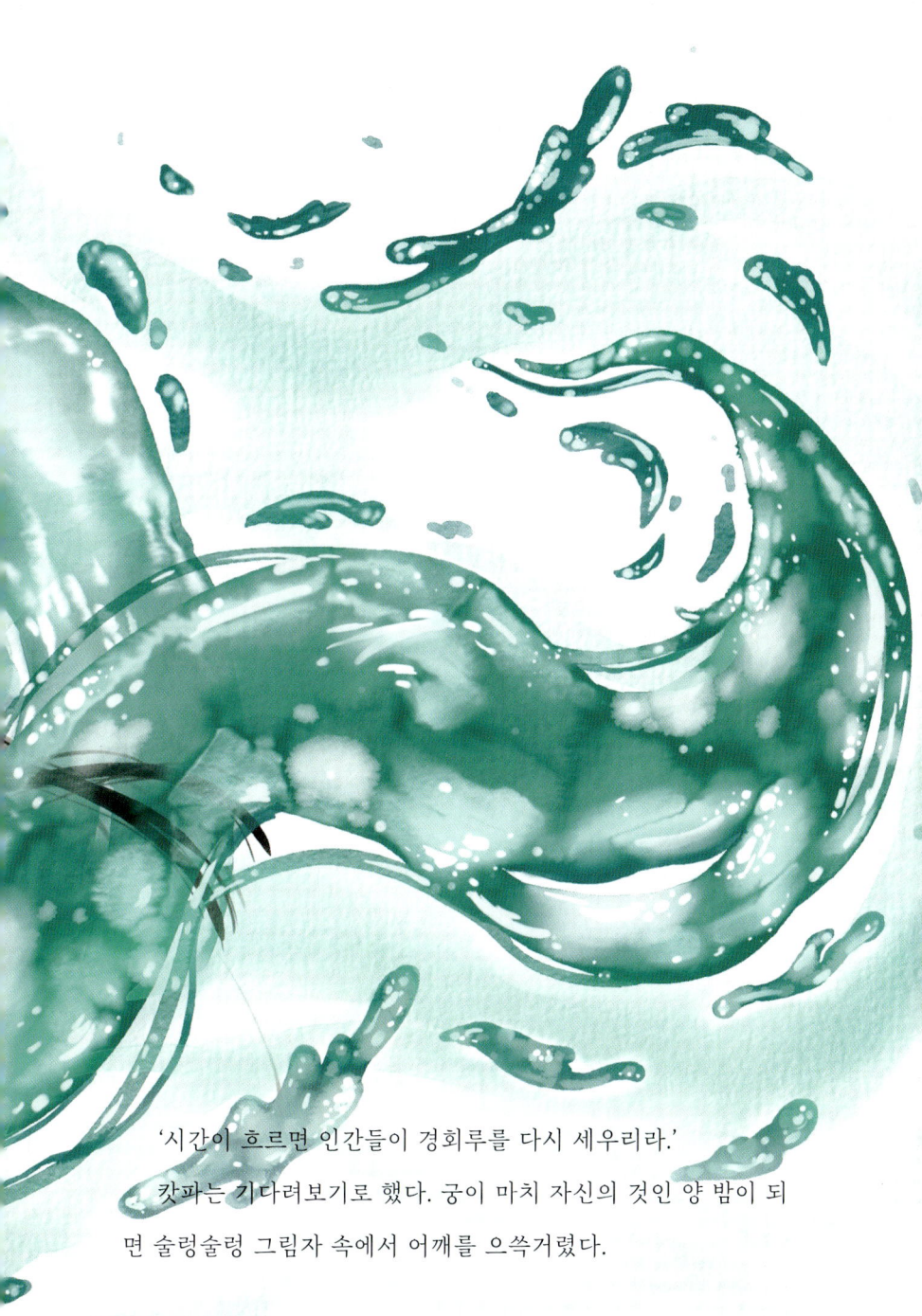

'시간이 흐르면 인간들이 경회루를 다시 세우리라.'
캇파는 기다려보기로 했다. 궁이 마치 자신의 것인 양 밤이 되면 술렁술렁 그림자 속에서 어깨를 으쓱거렸다.

달 아래 헤죽거리며 머리 접시에 달빛을 받는가 하면, 살금살금 민가로 숨어 들어가 오이를 훔쳤다. 가끔 사람과 마주쳐도 괘념치 않았다. 캇파는 자신이 원할 때만 사람들의 눈에 띌 수 있었기에 오히려 이 인간들이 무어라 쑥덕거리나 귀를 기울였고, 사람들은 캇파를 전혀 눈치채지 못했다. 살짝 고개만 돌리면 공중에 뜬 반 동강이 난 오이를 볼 수 있었는데도 불구하고.

얌생이 짓으로 굶주린 배를 잉어와 오이로 채우던 어느 날이었다. 이날도 캇파는 아침 식사로 인근 오이밭을 습격했다. 전쟁 중이라 민심이 흉흉하여 오이도 씨가 말랐다. 캇파보다 먼저 온 누군가가 따먹은 흔적도 있었다. 백성들은 제 한 목숨 지키기에 급급하여 캇파만큼 자주 남의 밭을 습격했다.

캇파는 말라비틀어진 오이 한 개를 손에 들고 헤헤거리는 어린아이를 발견했다. 아직 이른 새벽, 안개가 자욱했다. 캇파는 모습을 드러내 아이를 겁주기로 마음먹었다.

캇파가 주둥이부터 서서히 모습을 드러냈다. 머리, 몸통, 다리까지 모두 보인 후에 양팔과 양다리를 쩍 벌리며 형용할 수 없는 괴성을 지르자 아이는 놀라 울음을 터뜨렸다. 캇파는 그 틈을 놓치지 않고 재빨리 아이의 손에 들린 오이를 훔쳤다. 누렇고 커다란 주둥이를 벌려 늑대처럼 날카로운 이로 오이를 아삭 아사삭 소리 내 씹으며 달려가다 무언가에 걸려 공중에 떴다.

"내 머리!"

캇파는 머리의 접시부터 감쌌다. 물이 떨어지거나 접시가 깨지기라도 하면 죽은 목숨이다. 떨어지기 직전 공중에서 한 바퀴 제비를 돌았다. 잔뜩 화가 나서 장애물의 정체를 확인했다.

"어느 놈이냐!"

사람이었다. 사방팔방 길 위에는 사람들이 납작 엎드려 있었고, 그들 사이에 큰 길이 나 있었다.

큰길, 저만치 너머 붉은 무언가가 나타났다.

"나라님이 오셨어."
"마침내 돌아오신 겐가."
납작 엎드린 필부들이 소곤거렸다.

저 붉은 무언가가 왕이라고? 그 궁의 주인이라고?

캇파는 가슴이 두근거렸다. 왕이 돌아온다면 경회루를 재건하리라, 그 아름다운 연못을 다시 살려주리라 생각하고는 저만치 땅에 떨어진 오이 따위 쳐다보지도 않고 한달음에 긴 행렬로 다가갔다. 왕의 얼굴을 보겠다고 기웃거렸지만 끝이 없이 늘어지는 가마 떼, 대체 이 중 어느 가마에 왕이 있는지 알 수 없었기에 이내 포기했다. 대신 행렬의 끄트머리에 섰다. 들썩들썩 어깨춤을 추며 행렬을 따랐다. 누구보다 왕의 귀환을 환영하며 입궐했다.

캇파는 왕에게서 떨어지지 않았다. 식사 시간엔 왕보다 먼저 자리를 잡았다. 수라 상궁이 찬을 차리기도 전에 날름 오이절임을 삼켰고, 기미 상궁보다 먼저 생선구이의 맛을 봤다. 상 위의 음식을 하루에 여섯 끼씩 서른 날을 꼬박꼬박 훔쳐 먹어 피둥피둥 살이 오를 때까지도 왕은 경회루 이야기를 꺼내지 않았다.[2]

밥 먹을 때뿐만 아니라 어전회의서도 말을 하지 않았다. 고관대작들은 뭔 할 말이 그리 많은지 침을 튀겨가며 네가 옳다 내가 옳다 떠들어대는데도 왕은 고개만 끄덕끄덕 "그렇군." "그러한가." 정도의 말만 하다 꾸벅꾸벅 졸기 일쑤였고, 캇파는 "너무 많이 먹으니 그러지."라며 가끔 들리지 않게 핀잔을 주었다.

---

2 조선시대, 왕은 하루에 여섯 끼를 먹었다. 6시에 초조반이라 하여 죽이나 미음상을 받고, 열 시엔 조수라라하여 반상을 받았다. 정오엔 점심, 낮것상을 받고, 오후 세 시엔 참상이라고 하여 면상, 다과상, 다소반과상 등의 가벼운 간식을 먹었다. 저녁 6시엔 석수라를 받았고, 조수라와 마찬가지로 반상, 마지막 끼니는 9시에 야참이었다.

이날도 왕은 경회루로 향했다. 캇파가 불타는 경회루를 본 그 날 밤처럼 왕은 경회루를 바라보았다. 머리 접시도 없으면서 달빛을 받겠다고 고개를 들고 달을 바라보다 길게 한숨을 "하아"하고 쉬었고 한참을 그렇게 바라보다 또 그냥 돌아가려 했다.

오늘도 아닌가.

보다 못한 캇파는 짜증이 났다. 아무래도 자신이 한 마디 해줘야 할 때가 되었다고 판단하고는 큰 소리를 냈다.

"이봐!"

왕이 걸음을 멈췄다. 뒤를 돌아보았다. 캇파는 누런 주둥이부터 서서히 정체를 드러냈다. 공중에 주둥이만 떠서 지껄였다.

"경회루를 살려놔."

캇파는 조선말로 말했다. '경회루'라는 어려운 이름을 정확하게 발음했다. 하대도 말을 잘 몰라서가 아니라 일부러 했다.

조선에 온 지 어언 일 년, 온갖 말이 오가는 구중궁궐에서, 캇파는 빠르게 조선말 실력이 늘었다. 본래 인간보다 오래 산 캇파다. 인간이 나이가 들수록 이해력이 좋아지듯 캇파 역시 그러했다. 덕분에 캇파는 일 년이 지나자 제 나라말을 하듯 자연스럽게 조선말을 할 수 있었다.

왕이 대답했다.

"그건 불가능합니다."

왕도 왕이다. 자신을 하대하는데도 화 한 번 내지 않았다. 오히려 놀라 어깨를 움찔 떨고 눈을 게슴츠레 떴다.

"왜? 넌 왕이잖아."

"왕이라 불가능합니다."

"왜? 왕은 무엇이든 가능해서 왕 아냐?"

"지금은 곤란합니다."

왕은 입을 꽉 다물었다. 단지 이 상황을 피해버리기 위해서가 아니라, 정말 곤란한 일이 터졌다. 예전 같았으면 경회루 한 귀퉁이, 건물 아래에 몸을 숨어 '달빛'의 위로를 받았으리라. 하지만 이제는 그럴 수 없었다. 경회루는 불타버렸으니까. 불타버린 경회루에서 이 낯선 자가 왕 앞으로 튀어나온 거다. 정체를 숨기려는 듯 그림자 속에서 움직이지 않는다. 도대체 이 남자는 누구지. 복색이 녹색인 것을 보니 내시 중 한 명이 분명한데, 저 목소리나 말투는 낯설다. 게다가 고자세. 왜군의 잔당인가. 정체를 파악해

야 한다.

　왕은 눈을 게슴츠레 뜨고 캇파를 바라보았다. 그러든 말든 호기심이 동한 캇파는 쫙쫙 벌어진 갈퀴 발을 성큼성큼 날듯 걸어 다가왔다. 커다란 얼굴을 왕의 얼굴에 닿을 듯 가까이 대고 호통쳤다.

　"왜 곤란한데!"

왕은 놀랐다. 누런 부리와 작지만 촉촉이 젖은 눈, 무엇보다 물이 반쯤 담겨 찰랑찰랑 소리를 내는 머리 접시를 보고는 한참을 멍청히 있다가 겨우 입을 벌려 한다는 말이,

"요, 요괴더냐! 요괴더냐!"

"요괴다, 어쩔래."

"요, 요괴야! 네가 어찌 경회루에서 튀어나왔느냐!"

"경회루를 살려놓으라고 협박하려고 그런다!"

캇파는 겁을 줄 때 으레 그러하듯 "캇!" 하고 소리를 지르며 양팔과 양다리를 사방으로 벌리며 눈을 부라렸고, 왕은 놀라 엉덩방아를 찧었다. 부풀어 오른 캇파를 바라보며 입만 뻐끔거리다 납작 엎드렸다.

"요괴 양반, 목숨만은 살려주시게! 지금 나는 중차대한 일이 있어 아직은 이 한목숨을 바칠 수가 없으이!"

"뭔 중차대한 일? 여자들 돌아가며 안는 거?"

캇파가 코웃음을 쳤다. 왕이 매일 밤 여러 여자를 기웃거리는 꼴이 한심해서 신물이 난 참이었다.³

"그, 그게 아니오!"

왕은 당황해서 얼굴까지 벌게졌다.

"선왕의 무덤을 도굴당했소. 그것까지는 큰 문제가 아니었는데, 진짜 문제는 무덤에 남아 있던 수수께끼의 시신이었소. 어떤 까닭인지 왜적은 이 시체를 놓고 갔고, 우리는 당황하였소. 이 시신이 선왕 중종이신지, 아니면 왜적이 우릴 혼란시키려 놓은 것인지 알 수 없었소. 물론 내일이면 어떻게든 될 것이오. 중종이 살아계실 적 뵈었던 자들의 기억을 토대로 어진을 그리기로 하였으니, 어진을 들고 고관대작들과 함께 시신을 직접 확인할 예정이오. 허나, 시체의 상태가 관건이오. 직접 시체를 본 영의정 유성룡의 말에 따르면, 너무 많이 썩어 냄새를 참을 수 없는 것은 물론이거니와 갈비뼈며 형태를 추측할 수 없다고 하였소. 한데 그 사체를 어찌 어진으로 구별이 가능할까. 혹여 잘못된 결론을 내면 그 뒷감당은 더 큰 문제요. 이것이야말로 계륵, 시체를 중종이라 하여도 문제, 아니라고 하여도 문제요."

"그 시체는 어디에 뒀는데?"

"송산이오."

"송산이라. 그 문제를 해결하면 경회루를 복원하는 겐가?"

---

3   선조는 어마어마한 여성 편력을 자랑한다. 자그마치 부인 8명에 자녀만 14남 11녀다.

"하고말고요!"

"좋았어, 해주지."

캇파가 씨익 웃었다. 서서히 발부터 사라지더니 마지막엔 이빨을 하얗게 드러낸 누런 주둥이만 남았다. 허공에서 입만 벌려 다시 한번 말했다.

"이 몸이 납시셨으니 모든 게 잘 될 것이야."

왕은 요괴가 대체 어디로 사라졌나 싶어 주변을 두리번거렸다. 동시에 안도의 숨을 쉬는데, 상투가 아팠다. 무언가 보이지 않는 힘이 잡아당기듯 머리가 쏴였다. 도대체 뭔가 싶어 머리로 손을 갖다 댄 순간, 그대로 공중으로 솟아올랐다. 왕은 놀라 공중에서 허우적거렸다. 무엇이 어떻게 된 일인가 싶었는데 저만치 앞서 캇파가 공중을 뛰고 있었다. 캇파는 갈퀴 발로 공중을 잡으며 펄쩍펄쩍 뛰었다. 발을 한 번 튕기자 저만치 먼 구름이 뒤로 물러났고, 또 한 발 뻗자 바람이 어둠을 밀쳐냈다. 왕은 이것이 바로 도인들이 말하는 축지법인가 싶어 눈을 동그랗게 뜨고 캇파를 바라보았다. 놀란 왕은 비명을 지르며 캇파의 목을 덥석 끌어안았다. 캇파의 등껍질에 찰싹 매달렸다.

"사, 살려주시오!"

"안 떨어져. 잘 묶어놨으니까."

캇파는 쯧쯧 혀를 차며 왕을 떼어냈다. 자신의 갈퀴 손을 들어, 손목에 맨 반짝이는 무명실을 보였다. 무명실의 다른 쪽 끝은 왕의 상투에 달려 있었다.

"달 거미가 달빛을 뿜어 친 거미줄이야. 달 토끼의 절굿공이와 숫처녀의 은장도 말고는 절대로 끊을 수 없지. 그리고 목적지다."

몇 발짝 걷지도 않았는데 송산이 나타났다. 캇파는 구멍만 뚫린 코를 킁킁 몇 번 벌름거리더니, "크핫, 지독한 냄새!" 하며 한 인가로 쏜살같이 내려갔다. 잔 먼지를 일으키며 마당에 앉았다.

마당이며 집 앞에 보초를 서고 있던 졸병들은 무엇인가 싶어 주변을 두리번거렸으나 캇파와 왕을 알아보지 못했다. 캇파는 여유롭게 보초들의 어깨를 투욱, 투욱 치고 지나가며 "수고가 많아, 수고가."라고 속삭였고, 왕은 이 상황이 너무 신기하여 보초를 빤히 바라보며 실실 웃었다. 캇파는 그런 왕을 꾸짖듯 거미줄을 잡아당겼다. 왕은 머리가 뒤로 젖혀지자 놀라 캇파를 바라보았고, 캇파는 '지금 그게 재미있냐?'란 표정을 지으며 턱짓으로 방문을 가리켰다. 왕은 쑥스러워하며 고개를 끄덕인 후, 캇파를 따라 방 안으로 들어가 문세의 시신을 만났다. 유성룡과 호위병들을 시켜 시체 검안을 맡긴 적도 있었으나, 왕이 직접 확인한 것은 이번이 처음이었다.

왕은 시체를 보자마자 한 발짝 뒤로 물러섰다. 냄새 때문이었다. 지독한 시체의 형상 때문이었다. 썩어 문드러진 얼굴에서는 구더기가 기어 나왔고, 몸뚱이 여기저기엔 칼자국이 나 있었다. 왕은 몸을 부르르 떨었다. 자신의 나이를 속으로 헤아려보고 이제 곧 자신도 저런 꼴이 되리라 생각하니 두렵기 짝이 없었다. 뒷짐을 지고 뒤를 돌아보았다. 놀란 가슴을 진정하려 심호흡을 하는데 상투가 뒤로 당겨졌다. 캇파가 힘껏 갈퀴 손을 잡아당겼다.

"또 물러나려고?"

"내가 또 언제 뒤로 물러났다고 그러시오?"

"언제는 안 그랬냐? 늘 그렇잖아. 다른 사람들이 무어라 말하나 계속 듣기만 하잖아. 직접 뭐라고 의견을 말하는 법이 없고 늘 눈치나 살살 보고. 그러다 에라 모르겠다, 해버리잖아."

도대체 이 요괴는 어디서부터 어디까지 알고 있는 것일까?

사실이었다. 왕은 어렸을 때부터 늘 눈치만 봤고, 그 눈치로 왕이 됐다.

선왕은 후세가 없었다. 명종 18년, 13세였던 순회세자가 세상을 떠나자 명종은 누구를 후계자로 삼을까 고민하였다. 여러 왕손을 불러다 놓고 이래저래 선문답을 즐겼다.

"백성의 우물에 독을 뿌렸고, 네 손에는 바가지가 있다. 넌 어찌하겠느냐?"

"옥좌에 겁 없는 고양이 한 마리가 올라와 앉았다. 새근새근 잠든 이 녀석을 어찌하면 깨우지 않고, 손대지 않고 내려놓을 수 있을꼬?"

여러 왕손 중에는 현재의 왕, 하성군도 있었다. 하성군은 명종의 선문답이 싫었다. 대단찮은 질문으로 은근슬쩍 맘을 떠보다니 비겁하기 짝이 없었다. 허나 명종이 선문답을 하며 왕손의 기량을 가늠한다는 사실을 눈치챈지 오래였기에, 아무렇게나 대답할 수도 없었다.

"바가지를 산산조각 내서 우물에 던지겠습니다."
 "어찌하여?"
 "백성들이 물을 떠먹기 불편하여 이래저래 휘휘 젓다 보면, 독을 눈치채지 않겠습니까."
 "궁녀를 시켜 쥐 한 마리를 잡아오라 시키지요."
 "쥐는 무엇에 쓰려고?"
 "고양이 앞에서 찍찍거리면 고것이 본능에 따라 움직이지 않겠사옵니까."

어느 날이었다. 명종은 그날따라 머리가 지끈거렸다. 좋은 신하는 어찌 나고 어찌 등용해야 하는가 하루 종일 생각했다. 생각이 깊을수록 피로는 쌓이고 풀릴 기미는 없었다. 그런데도 왕의 날은 하루하루 흘렀고, 나날이 어깨에 쌓이는 기대와 걱정은 늘어만 갔다. 눈앞의 왕손들을 바라보자니 절로 한숨이 나왔다. 어찌 이리 옥좌를 탐내는가. 왕손들은 표정을 숨기려 하였지만 소용없었다. 구석에 앉아 고개를 푹 숙인 하성군을 제외하고는 하나같이 침을 꿀꺽 삼켰다.

하성군은 왕위에서 가장 거리가 멀었다. 하성군의 친부 덕흥군은 중종과 후궁 창빈 안씨 사이에서 난 일곱째 아들이었다. 게다가 하성군은 그 덕흥군의 아들 중에서도 셋째였다. 이런 하성군이 이 자리에 끼어 있는 것 자체가 기이한 일이었다. 허나 명종은 부러 하성군을 부르곤 했다. 어깨를 움츠린 모양이, 언제나 겁에 질려 눈치를 보는 표정이, 옥석을 제대로 가리지 못하여 인재 등용에 머리를 싸매며 눈치만 보는 자신과 꼭 닮아 시선을 뗄 수 없었다.

명종이 머리에서 익선관을 내려놓으며 말했다.

"너희들 중 누가 머리가 크고 작을꼬. 한 번 이 익선관으로 재 볼까."

왕손들은 반색을 숨기지 못했다. 고개를 세차게 끄덕이며 서로 익선관을 들겠다 아우성이었지만, 하성군은 또다시 눈치를 살폈다.

'왜 전하는 이런 짓을 하라 명하실까. 어찌하여 우리에게 익선관을 쓰라 하실까.'

하성군은 다른 왕손들이 아무렇지 않게 익선관을 쓰는 모습과, 익선관을 쓸 때마다 조금씩 어두워지는 명종의 얼굴을 번갈아 관찰했다. 그리고 마침내 자신의 차례가 되었을 때, 깨달았다.

'써서는 아니 된다.'

하성군은 관을 받아드는 대신 가만히 앉아 있었다. 잠시 후, 명종이 물었다.

"어찌하여 쓰지 않는가, 군은."

"어찌 제깟 것이 이것을 쓸 수 있겠사옵니까."

하성군이 말했다. 슬쩍 명종의 낯빛을 살폈다. 조금 밝아졌다.

'내 예상이 맞았어.'

다시 한번 쐐기를 박듯 말을 이었다.

"이것은 나라님의 것이고, 저는 나라님이 아니옵니다."

명중은 빙그레 웃다 못해 함박웃음을 지었고, 다른 왕손들은 그제야 사태의 전말을 직감적으로 깨달았다.

그리하여 지금의 왕이 탄생하였다. 동인서인 싸움에 우왕좌왕 눈치만 살피다 왜란마저 일어나게 한 왕이, 이 후궁 저 후궁 눈치 살피느라 끊임없이 자식을 가지는 왕이, 조상의 무덤을 도굴당하고도 손 하나 쓰지 못하는 한심한 왕이.

"물러서지 마."

캇파가 손목의 줄을 힘껏 잡아당겼다. 왕의 상투가 뒤로 쏠리며 저절로 바닥에 털썩, 주저앉았다.

"잘 지켜보아라."

캇파는 왕의 몸을 곧추세워 시체를 똑바로 보게 하였고, 왕은 기이 나오는 구더기들을 보고 신음하였다. 캇파는 아랑곳하지 않고 구더기를 한 손으로 잡아 입에 넣고 우물거렸다. 왕은 구역질이 치솟는 걸 겨우 참았다.

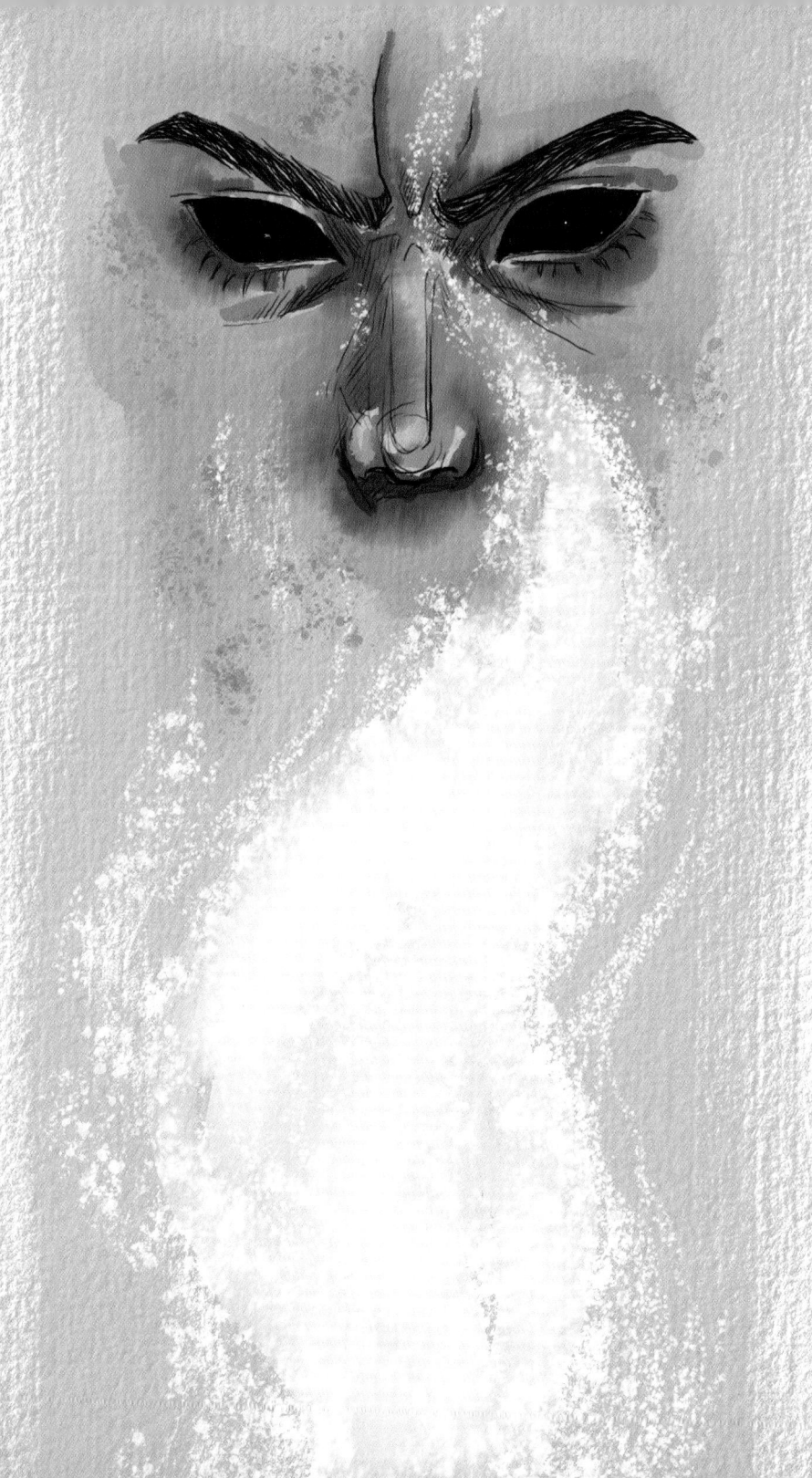

캇파가 눈을 동그랗게 떴다. 기묘하게 동공이 커져서는 거대한 흑수정처럼 변해갔다. 눈을 부리부리하게 뜨고 시체를 보며,

"혼이 있다면 나오거라."

어둠을 가르고 먼지를 일으키며,

"혼이 있다면 나오거라."

허공을 짓누르고 진공을 뿌리며,

"혼이 있다면 나오거라."

캇파가 계속해서 말했다. 하지만 시체는 대답이 없었다. 캇파가 서서히 눈을 감으며 본래의 눈 크기로 돌아왔다. 시체를 내려다보며 중얼거렸다.

"이건 껍데기야. 텅 비었어. 이게 정말 필요해?"

"무 무슨 말인가! 당연하지 않나! 저것은 귀중한 조상님의 옥체일지도 모른다!"

"저건 껍데기야. 혼백은 일찌감치 떠났다고. 아무리 저걸 모셔도, 네가 말하는 조상님은 신경도 쓰지 않아."

캇파는 후아암— 소리를 내며 하품을 하더니,

"허나 이 정체를 가려야 경회루를 살려준다니, 다음 수를 써야지."

요괴는 요괴라 미련이 없다. 흥, 고개를 돌리고 문을 열고 나간다. 보초들의 어깨를 또 한 번씩 두드린 후 낄낄거리며 하늘로 펄쩍, 날듯 뛴다.

왕도 아까 한 번 해봤다고 놀라지도 않는다. 바람에 펄럭이는 깃발처럼 캇파를 따라 몸을 하느작거리며 밤하늘을 난다. 이제는 재미있기까지 하다. 언제나 자신의 온몸을 짓누르는 왕의 권위, 책임이 지금 이 순간만큼은 하늘 저 멀리 사라진다. 저도 모르게 슝, 슝! 입으로 소리를 내며 양팔을 넓게 펴고 비행을 한다. 까불다 캇파의 등에 부딪혔다. 딱딱한 거북이 등 껍질에 얼굴을 박아 놓고는, 심통을 낸다.

"멈추면 멈춘다고 이야길 해야지!"

"누가 그렇게 신이 나서 날아다니래?"

캇파는 코웃음을 치고, 왕은 머쓱하다. 동시에, 자신도 모르게 캇파와 막말을 나눴다는 사실을 깨닫는다.

캇파와 왕은 궐 지붕에 내렸다. 왕은 다리가 후들거리는데 캇파는 가느다란 갈퀴 발로 철썩철썩 소리를 내며 잘도 걷는다. 용머리를 양손으로 잡고 쭈그리고 앉아 소리친다.

"이 궐에 칸칸이 틀어박힌 집 지키는 성주 귀신, 밥해 먹는 조왕신, 측간에 측간 귀신들은 다 들어라!"[4]

"귀신같은 거 없어. 여긴 궐이라고."

캇파가 무슨 소리를 하나 알 수가 없다. 한 나라의 중심, 궐이다. 이곳에 이매망량이 있을 리 없잖은가? 캇파에게 한마디 충고를 해주려는데 캇파가 중얼거린다.

"귀신이 없는 곳이 어디 있냐? 그럼 난 사람이냐?"

하지만 없는 것은 없는 것인데.

왕은 입을 삐죽이지만 말대답은 차마 하지 못한다.

그 사이, 캇파가 양손을 들어 눈두덩 위에 갖다 댄다. 눈을 번쩍 열어 시꺼먼 눈을 튀어나오라 힘을 주더니 소리친다.

"처녀 귀신 총각 귀신 조왕신 성주 귀신 측간 귀신 모두모두 들통났다 요놈들 재깍 튀어나오지 못하겠느냐!"

---

4 송기숙의 『녹두장군』 속 대사를 패러디했다. 본래의 대사는 다음과 같다. "이 집에 칸칸이 박혀 있는, 집 지키는 성주 귀신, 밥해 먹는 조왕신, 측간에 측간 귀신들은 다 들어라."

사방에서 꿈틀꿈틀 검은 기운이 움직인다.

장독대 뒤에서 까르륵 웃음소리가 터지더니 나풀나풀 푸른 그림자가 다가온다.

수라간이며 주방들이 달그락달그락 소리가 내더니 그릇들이 튀어나온다.

각 건물의 대들보가 들썩이더니 새하얀 그림자가 어른거리고, 저어기 가장 먼 곳에서 지독한 냄새가 스멀스멀 기어오른다. 마지막으로 캇파의 발아래서도 무언가가 올라온다.

어찌 된 일인가. 궐이 온통 이매망량 투성이다. 두려운 마음에 왕이 캇파 뒤에 숨자, 캇파가 또다시 혀를 끌끌 찬다.

"또 숨냐, 또 숨어."

"무서운 건 무서운 거다, 뭐."

"이게 무슨 왕이라고."

장독대서 날아온 나풀나풀한 그림자는 옥색 저고리에 청색 치마를 곱게 차려입은 생각시 셋이요, 수라간서 달그락거리며 뛰쳐나온 그릇들은 나이를 종잡을 수 없는 할멈이다. 대들보서 튀어나온 수염을 길게 기른 영감들이 할멈들과 눈을 마주치더니 흥, 고개를 돌린다. 그사이에 끼지도 못하고 저만치 떨어진 것이 지독한 냄새를 풍기는 녀석들이다. 하나같이 입을 가리며 음흉하게 웃는다. 캇파의 발아래서 나타난 것은 피골이 상접한 젊은 사내 다섯이다. 사내들은 생각시들을 보더니 부들부들 떨며 말한다.

"나는 죽느라 바쁘오. 용건 없으시면 그만 가겠소."

"죽었는데 뭘 또 죽어?"

생각시들이 까르륵 농염한 미소를 던진다. 사내들은 눈도 제대로 못 마주치고 고개를 도리도리 젓는다.

"혼백마저 없애고 싶소. 나는 아직 덜 죽었소."

"가더라도 내 말은 듣고 가라, 요놈!"

사내들이 슬그머니 지붕 아래로 사라지려 들자 캇파가 냅다 갈퀴 손으로 상투를 잡고 잡아당긴다. 젊은 사내들은 눈물을 죽죽 흘리면서도 캇파의 손에 잡혀 다시 위로 올라온다. 아프다, 아프다, 아프다, 징징 눈물을 짜는데도 캇파는 손을 놓지 않고, 생각시들은 신이 났다고 자지러질 듯 웃음을 흘린다.

"네, 이놈!"

불호령과 함께 날아온 하얀 수염이 캇파의 손을 찰싹 때리지 않았다면, 캇파는 날이 새도록 낄낄거렸으리라.

"어디 하찮은 요괴 따위가 궐 안에서 호통을 치고 신들을 맘대로 부르느냐!"

캇파는 일단 사내들의 상투를 놓은 후 할아범들을 노려보았다. 이것 봐라, 제법인데? 생각하면서도 일단 한 수 접었다. 지금은 내를 위해 소를 버틸 때냐.

"미안하게 됐소. 내 도움이 필요해 그랬소."

"무슨 도움이 이 시간에 필요하다는 게냐?"

그 사이에도 생각시들은 까르륵 웃음을 터뜨리며 사내들을 곁눈질하랴, 귓속말하랴 동분서주하고, 사내들은 또 한 번 놀라 슬금슬금 도망질이다. 캇파는 혀를 찬다. 잽싸게 사내들의 상투를 잡아끌려는데, 어디선가 튀어나온 주름이 자글자글한 손 하나가 선수를 친다. 캇파보다 먼저 잽싸게 상투를 들어 올린다. 사내들의 따귀를 올려붙이며 까랑까랑한 소리를 뱉는다.

"요놈들아! 너희가 그렇게 어쩔 줄 몰라 하니 저 가시내들이 우습게 알고 웃는 게 아니냐!"

수라간 조왕할매다.

"하, 하지만 부끄럽습니다요, 할마마마."

"무엇이 그리 부끄러울꼬. 그리 부끄러운 게 많으니 죽고 나서도 총각으로 남아 성불도 못하는 게야."

삼신할매도 한 마디 던지더니 캇파를 보고 고개를 끄덕인다. 말해도 좋다는 신호인가. 캇파는 이 할망구들…… 하고 속으로 중얼거리고 말을 잇는다.

"나는 이 궐을 다시 살리고자 여러분을 불러 모았소."

"어디 허튼수작을 부리느냐!"

"네놈이 무슨 낯짝으로 궐을 다시 살리겠다 하는 게냐, 일본 요괴가?"

"네놈들이 궐을 이 모양으로 만들지 않았느냐!"

사방에서 성난 목소리가 터진다.

"그건 대신 사과하오. 허나 나 역시 그들 때문에 씁쓸하였소. 나는 경복궁이 무척 마음에 들었소. 이곳에 남은 이유도, 여러분을 부른 이유도 그것 때문이오. 하여 나는 책임지고 왕이란 녀석에게 부탁하여 궐을 살리고자 하오. 이 왕, 말이오."

캇파가 손목에 묶은 줄을 확 잡아당기자 등 뒤에 숨었던 왕이 튀어나왔다. 왕은 눈이 휘둥그레져 귀신들을 보았다가 그대로 넙죽 엎드렸다.

"소, 송구하옵나이다! 송구하옵나이다!"

"거기 숨은 것쯤 이미 알고 있었다."

삼신할매가 혀를 끌끌 찼다.

"인간 기색 하나 못 찾으면 그게 어디 귀신일까."

조왕할매도 한마디 거들었다.

"송구하옵나이다!"

왕이 다시 소리쳤다.

"헌데 이 왕이, 경복궁을 못 살리겠다고 하였소. 왜 안 되냐고 물었더니 기묘한 사건 핑계를 댔소."

캇파가 끼어들었다.

"얼마 전 중종이란 선왕의 무덤에서 시체 한 구가 발견되었는데, 그 시체가 중종인가 아닌가 알 수 없어 골머리를 앓는다 하오. 하여 내 홀로 그 시체를 대면하였으나 안에 영혼이 남지 않아 정체를 확인할 수 없었소."

"그런 껍데기가 뭐 중요하다고."

삼신할매가 혀를 끌끌 찼고, 왕은 다시 한번 크게 "송구합니다!"라고 소리쳤다.

"그리하여 여러분을 불러 모았소. 여러분처럼 오래오래 이 궐에서 사신 분들이라면 그 중종이란 인물도 만났을 것이니, 내게 그 인물에 대한 이야기를 충분히 들려줄 수 있지 않겠소? 또 그리하여 이 궐이 재건된다면 어디 나만 좋겠소? 여러분도 좋은 일이지."

"하는 수 없지."

성주신이 말했다.

"그래도 일국의 왕인데."

"송구하옵나이다!"

"송구하옵나이다가 어떻게 왕 입에서 그렇게 자주 나오나! 어째 그리 채신머리가 없누. 어이구야, 저놈을 내가 어떻게 받았는데."

삼신할매가 혀를 끌끌 차며 나섰다.

"내 새끼들 문제이니 내가 나서야지. 그래, 역이에 대해 알고 싶다고. 뭘 말해줄까?"[5]

"어떻게 생겼습니까?"

"저놈도 그랬지만, 고놈도 원숭이 새끼마냥 응애응애 울어댔지."

삼신할매는 그렇게 말하고는 낄낄거리며 상투를 잡은 사내의 따귀를 올려붙였다.

"요놈, 입 좀 열어봐라. 할 말 많지 않느냐, 요놈."

"마, 말할게요. 때리지 마세요."

사내가 울상이 되어 입을 열었다.

---

5 중종은 이름이 역이요 자는 낙천이다 성종의 둘째 아들로 어머니는 정현왕후 유 씨다. 1494년 진성대군으로 봉해져 1506년 9월 2일, 반정으로 연산군이 폐위된 후 박원종·유순정·성희안 등에 추대되어 즉위했다. 부인은 12명에 자녀는 9남 11녀를 뒀으며, 이 이야기 속의 '왕' 선조는 이중 창빈 안 씨의 아들 '덕흥대원군'과 하동부대 부인 정 씨의 셋째 아들이다.

"내가 바로 기묘명현 중 한 명이었소." [6]

"두 명이었고,"

"세 명이었죠."

세 사내가 고개를 끄덕였다. 캇파가 나머지 둘을 바라보자, "우린 아니오." 하며 고개를 저었고, 왕은 "아아, 아아!" 하고 낮은 신음을 내며, 사내들을 존경 어린 눈빛으로 바라보았다.

"우리는 중종을 직접 알현치는 못하였소. 허나 정암 선생을 통하여 자주 이야기를 듣긴 하였지. 정암 선생께서는 과거에 합격한 이후 중종을 뵐 때마다 왕도정치를 역설하셨으니."

"개혁, 개혁! 소학을 보급하라! 소격서를 없애라!"

"현량과를 설치하라! 훈구파는 물러가라!"

"공신록에서 정국공신을 없앤 건 또 어떻고!"

"유순 얼굴이 볼 만하였지."

방금까지 다시 한번 죽고 싶다던 세 사내의 얼굴이 눈에 띄게 밝아졌다. 그러나 "하지만 중종은 싫증을 잘 냈어."라는 말에 얼굴이 순식간에 다시 어두워졌다.

---

[6] '己卯名賢'은 중종. 기묘사화 시절 죽은 '사림파'를 뜻한다. 중종은 조광조 일파가 지나치게 과격한 것을 못마땅하게 여긴다. 이 사실을 눈치챈 홍경주는 딸 희빈을 시켜 조광조를 비롯한 사림파를 헐뜯게 하고, 궁녀들을 시켜 나뭇잎에 꿀물로 '走肖爲王'이라 글자를 써놓는다. 벌레들이 나뭇잎의 꿀물을 갉아 먹자 '주초위왕'이 선명하게 드러났고, 희빈은 이 모습을 중종에게 보이며 조씨가 나라를 휘저으니 이런 것 아니냐고 말한다. 중종은 '조광조 일파가 무리를 지어 자신들에게 아첨하는 사람들을 조정에서 일하게 하고 자신들을 배척하는 사람들은 모두 내쫓고 후학들을 꾀어 국론을 무너뜨려 조정의 일을 그르쳤다'며 조광조를 능주로 유배시키는 한편, 그를 따르는 사림파 역시 변두리로 유배 보냈다. 그러나 이후, 조정의 권한을 잡은 훈구파 대신들은 조광조 일파에게 사약을 내리라고 중종을 억압하였고, 중종은 조광조를 비롯한 70여 명의 사림파에게 사약을 내린다.

"처음엔 그토록 좋아하더니, 나중엔 정암 선생을 내치시고 사약을 내리셨지."

"우리를 배신했어."

"죽어야 해. 죽어도 또 죽어야 해."

사내들은 이야기를 시작할 때보다 더 어두워져서는 다시 지붕 아래로 들어가려 했고, 왕은 얼굴이 잔뜩 일그러져서는 다시 지붕에 머리를 박고 소리쳤다.

"송구합니다!"

"참 송구할 것도 많다. 저놈들이 부족한 게 왜 네가 송구할 일이여!"

산신할매가 또 한 번 사내들의 따귀를 갈겼다.

"요놈들아, 일국의 왕이 너희한테 송구하잖느냐! 헌데 계속 죽겠다, 죽겠다, 할 참이냐!"

사내들은 머쓱한 듯 고개를 돌렸고, 왕은 어린아이처럼 울먹이며 기묘명현을 바라보며 "송구……"까지 말하다 입을 다물었다.

"고놈 수염이 국그릇에 자주 빠졌다는 정도의 안면은 있지."

이번엔 조왕신이 입을 열었다.

"고놈은 수염이 길었어. 자황색으로 멋들어지게 길러서는 고게 자주 국그릇에 빠졌지. 하여 고놈, 남들이 보지 않게 가끔 혼자 밥을 먹을 때엔 수염이 영 거추장스러웠는지 저고리 사이에 넣거나 어깨 뒤로 넘겼어. 그래도 반찬 투정은 적었어. 다른 왕녀석들은 이건 싫다, 저건 좋다 이만저만 말이 많지 않았는데 요놈은 뭐든 잘 먹었어. 하여 체격이 좋았지."

"조왕신 말씀대로예요! 중종 마마는 참 멋졌어요!"

생각시들이 까르륵 웃으며 끼어들었다.

"콧등도 높고!"
"얼굴은 갸름했고!"
"난 하룻밤 잔 적도 있어!"
"뭣!"
다른 생각시들이 얼굴빛이 달라져 마지막으로 말한 생각시를 노려보았다.
"네깟 게 마마님의 은총을 받았다고?"
"웃겨, 그럼 네가 왜 이렇게 처녀 귀신이 됐는데!"
"그, 그건!"
마지막으로 말한 생각시는 얼굴이 벌게졌다.
"이, 이유는 말할 수 없어! 하지만 내가 중종 마마의 은총을 받은 건 사실이라고! 나는 마마와 우물 뒤에서 만났어. 중종이 지나가시는데 목이 마르다 하셨지. 하여 마마에게 조롱박 한 바가지 가득 물을 퍼드렸고 그 위에 살짝 나뭇잎을 떨어뜨렸어. 혹여 급히 드시다 체하시면 어쩌실까 싶어서 염려스러웠거든. 마마는 조롱박을 들고 나를 내려다보셨어. 천연두 자국이 흐릿해질 정도로 아찔하게 웃으시더니, 이따 밤에 찾아가겠노라 말씀하셨지. 그리고 나는 중종의 품에 안겼어. 나와 마마 주변엔 지켜보는 눈이 많았고, 나는 입을 열 수 없었어. 그저 안겨만 있었지. 무엇이 좋고 나쁜지도 전혀 알 수 없어 그저 무서워 앙앙 울었어. 그랬더니 마마는 말씀하셨지. '울지 마시오, 울지 마시오, 부인.' 그제야 나는 마마께서 내가 아니라, 나를 닮은 누군가를 보신다는 사실을, 그 누군가가 얼마 전 폐위된 신 씨라는 사실을 깨달았어.

그날 밤 나는 마마를 사랑하면서도 신 씨를 질투했고, 이후 마마는 단 한 번도 날 찾지 않았어."[7]

---

[7] 단경왕후 신 씨를 일컫는다. 단경왕후 신 씨는 신수근의 딸로, 신수근은 연산군과 처남매부 지간이었다. 단경왕후는 연산군의 고모라는 이유로 반정 공신들의 눈 밖에 나고, 왕비가 된 지 단 7일 만에 궁에서 쫓겨나고 만다. 중종은 단경왕후와 금슬이 워낙 좋았기에 높은 누각에 올라 단경왕후가 있는 쪽을 보며 눈물을 흘리곤 하였고, 이 사실을 안 단경왕후 역시 자신의 집 뒷동산 바위에 붉은 치마를 둘러놓고 왕이 있는 쪽을 바라보며 눈물을 지었다고 한다. 이후 단명왕후는 단 한 번도 중종과 만나지 못한 채 1557년 12월, 71세의 나이로 세상을 떠난다.

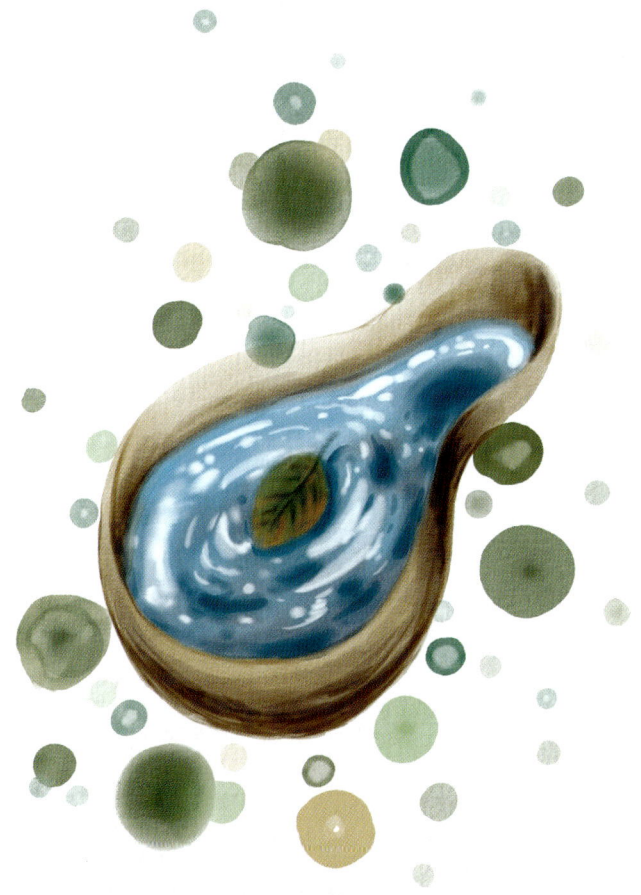

"결국 아무 일도 없었네."
"그래서 처녀 귀신이 된 거네!"
"입 함부로 놀릴 테야!"
"네년이 자랑하니까 그렇지!"
생각시들끼리 발끈하여 싸움이 났다. 눈을 치켜뜨고 손톱을 날카롭게 세우고 서로의 얼굴을 긁으려 들었다. 사내들도 다시 입을 열어 "개혁, 개혁!" 소리를 질러댔고, 캇파는 그 꼴이 조정 대신들의 옥신각신과 꼭 닮았다고 생각했다.
평소의 캇파라면 이 상황에서 끼어들어 "그만 떠들지 못해!"라고 쩌렁쩌렁 하늘을 울리는 소리를 질렀겠지만, 오늘은 달랐다. 가만히 앉아 듣기만 했다. 단 하나의 이야기도 놓치고 싶지 않다는 듯 가만히 앉아 귀신들의 이야기에 기울였고, 얼굴은 서서히 핏기를 잃었다. 생기가 없는 얼굴과 달리 머리 접시는 저 하늘의 별처럼 반짝반짝 빛났다.

"똥이 아주 굵었어."

귀신들의 재잘거림은 측간신의 한 마디로 멈췄다. 측간신이 입을 열자 방귀 냄새보다 지독한 입 냄새가 났기 때문이었다. 다들 코를 틀어막은 사이, 측간신은 낄낄거리며 말을 이었다.

"황금색이었지. 다른 인간들과 비교하면 분명 내장이 깨끗할 것이야."

"대강의 이야기가 나온 것 같군."

성주신이 자리에서 일어났다.

"이 정도면 자네가 원하는 정보는 충분하지 않겠나?"

"어르신들은 뭔가 모르십니까?"

캇파가 물었다.

"나 역시 가끔 그 왕을 보긴 하였지. 허나 내가 기억하고 있는 것들은 저들이 기억하고 있는 것과 별반 다르지 않아. 성주신은 어지간한 일이 없는 이상 대들보서 움직이지 않는 법이야. 우리가 떠나면 궐에 큰일이 나니까. 하긴, 있어도 별 볼일은 없었지만…… 너무 많은 이들을 잃었어. 경회루 아래서 돌아다니던 고양이 가족도, 경복궁 위에 다닥다닥 앉아있던 제비들도 모두 사라졌어. 이들이 다시 돌아오려면 대체 얼마나 많은 시간이 필요할는지."

성주신은 한숨을 길게 쉬었다.

귀신들의 이야기가 끝났을 때, 왕은 다시 납작 엎드려 얼굴을 지붕에 박고 있었다. 쏟아지는 눈물을 감추기 위함이었다. 중종의 일상은 왕과 다를 바가 없었다. 한 번 안고 버린 생각시는 몇 명이던가, 뛰어난 신하를 중용하고도 마음을 다스리지 못해 쳐낸 적은 몇 번이었던가. 게다가 왕은 조선통신사를 보내놓고도 동인 서인 다툼 때문에 제대로 된 이야기에 귀를 기울이지 못했다.[8]

왕은 임진왜란에 전혀 대비하지 못해 마침내는 궐을 버리고 도망쳤다. 궐을 불태우고도 모자라 이번엔 선왕의 무덤마저 파헤쳐졌다.

---

8 임진왜란이 일어나기 직전, 조선은 일본으로 조선통신사를 보낸다. 황윤길과 김성일은 각각 정사와 부사로 다녀왔는데, 이 둘은 정반대의 말을 했다. 정사 황윤길은 서인, 부사 김성일은 동인이었다. 설마 당파싸움이었을까? 이 이야기에 대한 놀라운 에피소드가 일본의 소설 야마모토 겐이치의 『리큐에게 물어라』에서 나온다. 『리큐에게 물어라』 200페이지부터 펼쳐지는 챕터 「조선관백」에서는, 조선통신사 일행을 말 그대로 '물 먹이는' 리큐가 등장한다. 리큐는 조선통신사 일행이 오자 일부러 연회에서 허투루 대한다. 조선통신사 일행은 잔뜩 화가 난다. 그러나 리큐는 그 연회가 끝나자 김성일을 따로 데리고 가 조선 음식으로 극진히 대접한다. 조선에 돌아간 김성일과 황윤길은 전혀 다른 이야기를 조정에 전한다. 김성일은 일본이 침략할 위험이 없다고 말했지만, 황윤길은 경계해야 한다고 말했다.

어찌 이리도 부족한가.

어찌 이리도 무능한가.

조금이라도 억울한 이들을 줄이고 싶다.

저리 이승을 떠나지 않게 하고 싶다.

하지만 대체 내가 무엇을 할 수 있지.

"울지 마. 자꾸 울면 네 머리 접시가 말라버려."

캇파가 말했다.

"왕은 백성의 눈물을 알아야 해. 그 눈물을 가슴에 담고 익선관이라는 머리 접시에 자애를 가득 담아 사랑으로 어버이의 마음으로 나라를 다스려야 해. 네가 울면, 너만이 아니라 이 나라 전체가 울게 될 것이야. 정신을 바싹 차려. 넌 왕이야. 너만이 이 나라를 구할 수 있어."

나만이 이 나라를 구할 수 있다.

왕은 캇파를 바라보았고, 캇파는 모른 체 공중으로 펄쩍 뛰어올랐다. 왕의 상투가 앞으로 확 쏠리며 앞으로 휘청거리는가 싶더니, 시야에서 사라졌다.

다시 송산의 초가에 도착했다. 이번에도 보초의 눈을 피해 방 안에 들어갔다. 캇파는 썩어 문드러진 시체 앞에 털썩 주저앉았고, 왕도 따라 앉았다.

"시작한다."

캇파가 말했다.

왕은 무엇을 시작한다 하는지 알 수 없었지만, 일단 지켜보았다. 지금까지 캇파가 도섭부린 것을 생각하면, 분명 이번에도 상상치 못할 일이 일어나리라.

캇파가 머리의 접시를 들었다. 접시가 사라진 캇파는 피부색이 점점 하얗게 변해 마침내는 왕과 다를 것 없는 인간처럼 변했다. 것도, 어린 사내아이였다. 왕이 놀라 뚫어져라 쳐다보자, 캇파는 작은 손으로 뽀얀 얼굴을 긁적이며 인상을 찌푸렸다.

"넋 놓고 날 볼 때가 아닐 텐데."

캇파가 귀여운 목소리로 거업지 않게 말했다.

"네가 봐야 할 것은 인간의 허물을 뒤집어쓴 요괴가 아니라 지금부터 나타날 허상이다."

공중에 떤 접시가 제자리서 뱅뱅 돌더니 폭포처럼 물이 흘러 넘쳤다. 물은 바닥에 닿기 직전 사라지며 허공을 조각했다. 끊임없이 쏟아지는 폭포수 아래 하나의 형체가 태어났다. 갓난아기였다. 원숭이 새끼처럼 시뻘건 아기가 응애응애 울었고, 연이어 여자를 품은 남자의 얼굴이 나타나 땀을 뻘뻘 흘렸다. 남자는 계란형의 얼굴에 거무스름한 천연두 반점이 또렷했다. 잠시 후엔 남자의 턱에 멋들어진 자황색 수염이 나 있었다. 남자는 좌우를 두리번거리더니 갑작스레 수염을 집어 어깨너머로 넘겼고, 다음 순간 똥을 싸기 시작했다. 황금색 똥은 또르르 공중에서 떨어져 시체에 닿기 직전 폭발하였다.

왕과 인간이 된 캇파는 놀라 눈을 질끈 감았다.

다시 눈을 떴을 때엔 곤룡포를 입은 왕이 눈앞에 있었다. 왕은 큰 키의 날씬한 몸매, 얼굴에 천연두 자국이 있지만 높은 코가 시원시원했다. 자신의 자황색 수염이 자랑스러운 듯 연신 쓰다듬었다.

"저자가 중종이래."

캇파는 속삭였고, 왕은 고개를 끄덕였다.

이게 바로 피가 당긴다는 것일까. 단 한 번도 중종을 만난 적이 없었으나 왕은 왠지 모르게 중종이 낯익었다.

"어떻게 생각해?"

캇파가 시체를 가리기며 말했다.

왕은 고개를 숙였다. 썩어 문드러진 몸뚱이를 바라보았다. 눈앞의 시체엔 칼자국이며 여기저기 구멍이 뻥뻥 뚫려 있었고 키는

3척 2촌으로 자신보다 작았다. 다시 중종을 올려다보았다. 보기만 해도 엄숙함이 흘러넘쳤다. 당당한 체구였다.

"이 시체는 중종이 아니야."

왕이 말했다.

"중종은 키가 저리 크잖아. 또 몸에 저런 상처도 없었어. 얼굴은 확인할 수 없지만 몸집과 팔길이, 다리 길이가 전혀 달라. 그리고 무엇보다……"

왕이 눈앞의 시체를 내려다보며 말했다.

"가슴이 두근거리지 않아."

한 나라를 다스렸던 임금, 중종. 그런 이를 보는데 가슴 벅찬 느낌이 없었다. 왕은 이것이 무엇보다 확실한 직관이라고 생각했다.

캇파가 빙그레 웃었다. 손가락을 부딪쳐 탁 소리를 냈다. 공중에 떠있던 캇파의 머리 접시가 회전을 서서히 멈췄고, 눈앞에 나타났던 중종의 환영도 사라졌다. 머리 접시는 천천히 내려와 캇파의 머리 위로 올라갔고, 캇파는 본래의 모습으로 돌아갔다. 누런 주둥이에 푸른 몸뚱이, 등에는 거북이 등 껍질을 맨 흉측한 요괴의 모습으로.

"이제 문제는 해결된 거지?"

캇파가 제자리서 뛰어오를 준비를 하며 말했다.

"응. 내일 봉심에서 확실하게 말할게."

"그럼 경회루 되살려 주는 거냐?"

"물론이지!"

"아자! 그럼 다시 가볼까!"

"그래, 요……"

요괴라 부르려다 왕이 입을 다물었다. 눈앞의 존재는 확실히 요괴다. 하지만 아까 접시를 잠시 벗었을 때는 사람이 되기도 하였다. 게다가 골치 아픈 문제를 해결해주기까지도 하였는데, 요괴라 부르는 건 이상하지 않은가.

"저기, 널 뭐라고 부르면 좋을까?"

"갑자기 무슨 소리야?"

캇파가 의아하다는 듯 왕을 바라보았다.

"이름말이야. 네 이름 뭐냐고. 아까 캇파라고 했는데, 그게 이름이니?"

"그건 내 이름이 아니야. 내 종족을 가리키는 너희 인간들의 말이지."

"그럼 이름이 뭐야?"

"내 이름……"

캇파는 잠시 말을 잃었다.

이름이 본래 있었던가. 기억나지 않았다. 오래전, 캇파도 인간이었던 때가 있었다. 영생이 탐나 한 캇파에게 머리 접시를 받아 인간 대신 캇파가 되었다. 그리고 이름을 잊어버렸다. 누구도 캇파를 이름으로 부르지 않았고, 캇파 역시 이름을 바라지 않았다. 이름이 없는 무명의 생, 그것이 영생의 조건이었다.

"대충 불러. 이름이 뭐 중요해?"

"그럼 월영동자라고 불러도 돼?"

"월영동자?"

캇파가 인상을 썼다.

"너무 운치 있잖아. 나랑 안 어울려. 그냥 캇파라고 불러. 내 종족이 이 조선에 또 나타날 가능성이 극히 적으니, 그냥 캇파라 부르면 나인 줄 알게."

"알았어, 캇파."

"좋아, 그럼 간다!"

캇파는 그렇게 말했고, 왕은 상투를 꽉 잡았다. 둘은 그대로 초가 천장을 뚫고 솟아올랐다. 캇파는 경회루를 살려준다는 말에 신이 나서 첨벙첨벙 하늘 물소리가 나도록 뛰었고, 왕 역시 양팔을 벌리고 하늘을 날았다.

"이런."

저기, 궐이 눈앞에 보일 때 갑자기 캇파가 공중에 우뚝 섰다.

"접시가, 비었다."

몸을 비틀거리는가 싶더니 눈에 흰자위만 보였다. 갑자기 아래로 곤두박질쳤다.

왕은 대체 이게 무슨 일인가 싶었다. 자신의 힘으로 어떻게든 날아보겠다고 캇파의 등껍질을 붙잡고 위로 잡아당겼으나 왕은 인간, 요술을 부릴 리 만무하였다. 다급해진 왕은 눈을 질끈 감고 소리쳤다.

"천지신명이시어! 제, 제발 이 한목숨 살려주십시오!"

하늘이 왕을 버렸다.

순풍이 불어도 아쉬울 이 상황에 갑자기 천둥이 치더니 비가 내렸다.

억울했다. 중종의 사체 의혹도 밝히지 못했다. 이매망량에게 수많은 이야기를 들었다. 반성했다. 앞으로 달라지겠다 결심했다. 그런데 이렇게 죽는 건가! 캇파의 등껍질에 매달린 채 공중에서 낙하하여!

왕은 눈을 질끈 감았다.

"이얏호!"

그 순간, 캇파가 괴성을 지르며 공중으로 뛰어올랐다. 천둥 번개 치는 비바람 속에서 덩실덩실 어깨춤을 췄다. 왕은 이 캇파가 어찌 된 것인가, 미친 것인가 싶어 입만 떠억 벌리는데 캇파가 말했다.

"고마워, 왕! 왕은 왕인가 보네! 덕분에 살았어!"

"나는 아무것도 한 게 없는데……"

"비가 내렸잖아! 덕분에 내 머리 접시가 다시 물로 가득 찼다고, 이얏호!"

"그게 무슨 소리야? 머리 접시가 왜?"

왕은 캇파에게 물었으나, 신이 난 캇파는 듣지 않았다. 떨어질 때의 속력을 회복시키려는 듯 그대로 솟아올라서는 일직선으로 공간을 꿰뚫어 경회루에 떨어졌다. 온몸이 진흙투성이가 된 왕은 무엇이 어찌 되었나 싶어 주변을 두리번거리다가 하늘 위의 캇파를 발견했다. 캇파는 왕의 존재를 잊은 듯 알아들을 수 없는 비명을 지르며 공중제비를 돌고 춤을 추었다.

"뭐하는 거야, 캇파!"

"내려와, 캇파!"

몇 번을 불러도 소용없자 돌아가기로 마음먹었다. 왕은 으슬으슬 추웠다. 시간도 꽤 지체되었다. 지금쯤 궐에서는 왕이 비를 맞으며 사라졌다고 야단법석이 났으리라.

공중을 뛰어다니는 캇파에게 소리쳤다.

"난 이만 가 볼게! 내일 봐!"

캇파는 듣지 못한 듯 계속해서 공중을 팔짝팔짝 뛰어다녔고, 왕은 대답을 기다리지 않고 궁으로 돌아갔다. 왕의 예상대로 궁은 난리가 났다. 흙투성이가 된 왕을 보자마자 하나같이 비명을 지르며 달려들었다. 왕은 애써 별것 아니라고 말하면서도 경회루에 남기고 온 캇파만 생각하였다.

혼자 있어도 괜찮을까, 아이인데.

캇파가 어린 사내아이로 변했을 때의 모습이 눈앞을 떠나지 않았다. 혹여 누군가 캇파를 발견하고 공격이라도 하면 어쩌나 싶어 왕은 잠을 설쳤다.

다음 날, 시체의 봉심은 만장일치로 중종이 아니라는 결론을 내놓았다. 왕은 웬일로 동인서인 싸우지 않나 기쁘면서도, 자신이 활약할 기회를 잃어 내심 서운하였다. 결국 중종의 묘 정릉은 속이 텅 빈 허묘인 채로 수리하기로 하였고, 정체를 알 수 없는 송산의 시체 역시 좋은 곳에 묻어주기로 결정하였다.

그날 밤, 왕은 다시 경회루로 향했다. 어젯밤 비를 쫄딱 맞고 오는 바람에 내관들이 무서운 얼굴을 하고 따라붙었기에, 후궁의 처소에 들렀다 몰래 뒤로 빠져나갔다. 후궁의 방을 살금살금 나오며 왕은 낄낄거렸다.

"어디 골탕 좀 먹어보라지!"

지금 내가 뭐라고 한 거야?

왕은 놀랐다. 이렇게 웃은 게 얼마 만인가. 일 년 전 궐을 버리고 떠났던 그 날 이후 왕은 단 한 번도 이렇게 웃지 못했다. 도읍을 버리고 도망쳤기 때문이다. 백성을 볼 낯이 없어서다. 조상을 뵐 낯이 없기 때문이다. 하지만 더더욱 큰 이유는, 경회루에 버리고 온 '달빛' 때문이었다.

왕은 경회루로 향했다. 주변을 두리번거리며 캇파를 찾으려 입을 열었다.

"캇파, 캇파!"

작게 속삭였더니 대답이 없었다. 또다시 '달빛' 생각이 나서 불안해졌다. 이번엔 좀 더 크게 불렀다.

"캇파, 캇파!"

캇파는 대답이 없었다.

왕은 순식간에 풀이 죽었다. 사라진 건가. 월영처럼 캇파도 사라진 건가.

고개를 푹 숙이고 돌아가려는데 눈앞에 누런 부리가 나타났다.

"날 찾아?"

누런 부리가 입을 벌려 말하더니 서서히 모습을 드러냈다.

"캇파! 어디 갔었어!"

"왜 소릴 지르고 그러냐?"

"없어진 줄 알았단 말이야!"

왕은 울먹이며 캇파에게 달려들었고, 캇파는 왕이 왜 이러는지 알 수 없었다.
"야, 왜 이래! 징그럽게 왜!"
"월영처럼 사라진 줄 알았어!"
"달그림자는 달이 있으면 언제나 따라붙기 마련이건만, 무슨 소리야?"
"아니, 아니."
왕이 고개를 저었다. 캇파를 올려다보며 말했다.
"월영은 경회루 아래 숨어 살던 꼬마의 이름이야."
"경회루 아래 사람이 살았다고?"
캇파는 조금 놀라 되물었다. 왕은 고개를 끄덕였다.
"총명한 사내애였어, 어느 날 우연히 경회루서 만난 이후 친해져서 밤마다 만나곤 했었어. 난 애가 많잖아. 그래서 그런지, 내 자식 같은 기분이 들어서 언젠가는 월영군이라고 이름도 붙여 줬어. 아니…."

잠시 왕이 말을 멈췄다. 캇파와 눈을 마주쳤다. 어젯밤 보았던 순수한 아이의 얼굴을 떠올리고는 부드럽게 웃으며 말했다.
　"친구였어. 유일하게 마음을 풀어놓을 수 있는 친구."
　어렸을 때부터 왕위 다툼을 하느라 제대로 된 형제도, 친구도 사귈 수 없었다.
　"전쟁이 났을 때 월영이를 구하려고 경회루에 왔었어. 하지만 나는 만나지 못했어. 그게 끝이었어. 월영과 만난 것은."

조선 궁궐 일본 요괴

초판 1쇄 발행 2025년 6월 18일

글 조영주
그림 윤남윤

펴낸곳 공출판사 | 편집 공가희
출판등록 2018년 8월 31일(제2018-000019호) | 주소 충남 당진시 면천면 동문1길 8-1
전화 070-8064-0689 | 팩스 0303-3444-7008 | 전자우편 thekongs@naver.com
홈페이지 kongbooks.com | 인스타그램 @kong_books

ISBN 979-11-91169-25-6 07810

ⓒ 조영주, 윤남윤 2025

* 이 책은 저작권법에 의해 보호받는 저작물이므로 무단전재와 복제를 금합니다.
 이 책 내용의 전부 또는 일부를 이용하려면 저작권자와 공출판사의 동의를 얻어야 합니다.
* 책값은 뒤표지에 있습니다.
* 파손된 책은 구입한 서점에서 교환해 드립니다.

작가의 말

오랫동안 붙잡고 있었던 작품입니다.

많이도 그리고, 깊이 고민하며 여러 장을 거듭 그리다 보니 어느덧 백 장이 넘는 원화를 완성했고, 3년이라는 시간 동안 이 작업을 붙잡고 있었습니다. 그럼에도 여전히 미련이 남고, 모자라고, 부족한 점들만 눈에 띕니다. 아쉬운 마음에 다시 손대볼까 하는 생각이 들 정도로요. 언제나 그렇듯 주어진 모든 것에 최선을 다하지만, 최선이 곧 최고는 아니듯, '과연 오롯이 몰두했나?' 되묻게 됩니다. 조증처럼 작품에 매달렸던 그 많은 하루하루가 지나고 나니, 지금에서야 '그 시간이 정말 진짜였을까' 싶은 마음마저 듭니다. 이렇게 세상에 나온 작품이 신기하게 느껴지고, 되돌아보니 3년이라는 시간도 너무 짧고 초라하게 느껴지기도 합니다. 하지만 분명, 그 시간은 의미 있는 시간이었습니다.

사람들 앞에 선보일 생각을 하면 부끄럽고 염려되는 마음이 크지만, 그럼에도 불구하고 설레고 행복한 마음을 감출 수 없습니다. 그만큼 이번 책 작업은 제게 너무나 소중한 기회였습니다. 어릴 적부터 책과 그림은 제게 전부라고 할 만큼, 질리지 않고 몰두할 수 있었고, 스스로를 드러내는 중요한 방식이자 목표였습니다. 그래서 가장 먼저 드는 감정은 감사입니다. 앞으로도 오래도록 좋은 작품으로 다시 만날 수 있기를 진심으로 바라며, 《조선 궁궐 일본 요괴》를 통해 여러분과 만날 수 있음에 깊이 감사드립니다.

윤남윤

책 속에 등장하는 왕은 일반적으로 알려진 암군 선조와는 사뭇 다른 모습으로 그려집니다. 이는 요즘 들어 선조에 대한 평가가 달라지는 것을 반영하였습니다.

이 책의 제목 아이디어는 장강명 작가님이 주셨습니다. 제목 센스가 없어 한우작가모임(정식 명칭은 아닙니다)에 도움을 청했습니다. 그냥 자주 만나 노는 작가들의 모임인데요, 가나다순으로 김하율, 박산호, 임지형, 장강명, 정명섭, 정연식, 정해연, 조영주, 주원규, 차무진 작가가 그 멤버입니다. 많은 제목 아이디어가 나왔고 그 중 장강명 작가님이 제안하신 《조선 궁궐 일본 요괴》로 정해졌습니다. 장강명 작가님은 리디에 《캇파의 머리접시》란 제목으로 《조선 궁궐 일본 요괴》가 공개되었을 당시, 직접 보시고 별점을 달아주시기도 했습니다. 다시 한번 감사드립니다.

언젠가 여러분이 경복궁을 찾으실 때, 혹은 근처의 다른 궁궐을 들르실 때, 이 책 《조선 궁궐 일본 요괴》와 함께하신다면, 그리하여 선조처럼 일본 요괴를 만나 또다른 기이한 모험을 떠나신다면 출판사로 연락주십시오. 제가 꼭, 《조선 궁궐 일본 요괴》의 두 번째 책으로 엮겠습니다.

평택에서 조영주

작가의 말

《조선 궁궐 일본 요괴》의 첫 아이디어를 얻은 것은 근 16년 전의 일입니다. 우연히 《캇파 쿠와 여름방학을》이라는 장편 애니메이션에서 일본 요괴 캇파를 처음 본 후 "아, 귀엽다"라는 생각이 들었습니다. 그러자니 갑자기 우리나라에 이 요괴가 놀러 오는 이야기를 적어서 냉랭하기 짝이 없는 한일 관계를 우호적으로 바꾸면 어떨까 하는 말도 안 되는 생각이 들더군요.

이 아이디어에서 시작한 이야기가 적힌 것은 한참 후의 일입니다. 언제나 그렇듯 이야기는 제가 원할 땐 써지지 않습니다. 영감이 떠오르길 기다려야 합니다. 때가 되면 알아서 이야기가 자연스레 흘러나옵니다. 이 이야기 역시 그렇게 제게 왔습니다.

어느 날 우연히 "경복궁에서 오이밭 터가 발견되었다. 일본 접시가 발견되었다."는 신문 기사를 보자마자 "어, 캇파가 일본에 왔다갔나?"란 생각이 들었습니다. 그러자 잦았던 경복궁 화재가 떠오르면서 캇파는 물의 요괴니까 이런 화재와 어떤 식으로 연관이 될 수도 있겠구나, 싶더군요.

이후 여러 경복궁 화재 중 일본과 관련이 있었던 임진왜란 시절의 선조실록을 살피던 중, 실제 있었던 사건기록을 발견할 수 있었습니다. 그러한 사건기록을 바탕으로 선조와 캇파의 이야기를 적는다면 어떨까, 하는 기분이 들어 시작한 이야기가 바로 《조선 궁궐 일본 요괴》입니다.

흥선대원군이 경복궁을 재건하던 날 밤의 일이다. 이 날, 흥선대원군이 사는 운현궁에 기묘한 밤손님이 찾아들었다.

똑똑, 누군가 방문을 두드렸다.

"누구요?"

흥선군이 묻자 밤손님은 말했다.

"고마워, 왕."

난 왕이 아닌데.[9]

흥선대원군은 의아하며 문을 열었다. 밖에는 아무도 없었다. 오이 한 개와 그 앞으로 갈퀴 발자국 한 쌍과 작은 아이의 발자국 한 쌍이 나란히 찍혀 있었을 따름이다.

이후 경회루 근처에서는 한동안 이상한 소리가 들리지 않았다.

그로부터 삼십 년 후, 경회루에서 천지를 울리는 기묘한 비명이 울려 퍼졌다. 하늘을 떠다니는 푸른 그림자가 목격되는가 하면 어린아이의 곡소리가 끊이지 않았다. 도대체 무슨 일이 일어나려 이러나, 궐 사람들은 두려움에 떨었고 그로부터 일주일 후, 건청궁에서 명성황후 시해 사건이 일어났다.

이후 고종마저 경복궁을 떠나자, 경복궁은 주인이 없는 텅 빈 궐이 되었다.

---

9 흥선대원군은 사후 1907년, 대원왕에 추봉된다.

광해군이 선종을 선조라 이름을 바꾼 날 밤의 일이었다. 광해군은 우연히 경회루를 향했다가 기묘한 녹색 생명체를 보았다. 갑자기 모습을 드러낸 녹색 생명체는 양팔과 양다리를 벌려 기괴한 소리를 질렀고, 광해군은 이후 반미치광이가 되어 폭정을 거듭하여 인망을 잃었다. 충신을 연달아 죽이고는 귀신이 보인다며 술과 여자를 곁에 두고 살았다. 인조반정으로 궐에서 쫓겨나 남은 평생을 유배지에서 보냈다.

이후로도 많은 왕이 경회루 근처서 이상한 소리를 들었다.

"경회루를 복원해라."

"어서 경복궁을 다시 지어라."

왕들은 이것이 무슨 소리인가 두려워하면서도 경복궁을 복원하지 않았다. 그 후, 흥선대원군이 경복궁이 복원할 때까지 경회루 근처에서는 기묘한 신음과 울음이 끊이지 않았다.

십오 년 후, 왕이 죽었다.

왕이 죽던 날 마른 하늘에 천둥이 쳤다. 사람들은 놀라 귀를 막았지만 천둥소리는 사람들의 귀를 뚫고 고막까지 닿았다. 천둥소리를 들은 사람들은 이유 모를 눈물이 한 줄기씩 흘러내렸고, 그 눈물이 시발탄이 되어 왕의 장례는 치러졌다.

왕의 뒤를 이어 광해군이 왕위에 올랐다. 처음에는 경복궁 증건을 계획하는 등 의욕적인 풍모를 보였으나, 뜬금없이 창덕궁을 무리하게 증축하는가 싶더니 점점 묘한 행동을 계속하다 마침내는 선왕이었던 선종을 선조로 바꾸는 무례한 짓까지 저질렀다.

이후 왕은 싹이 튼 오이밭을 종종 살피며 혼잣말을 하는 버릇이 생겼다.

다음 날, 왕은 어전회의에서 경회루 앞에 오이밭을 일구라는 명령을 내렸다. 고관대작들은 의아해하였으나 저 눈치만 보는 왕의 표정이 웬일로 무척 심각하였기에 가타부타하지 않았다. 그렇게 경회루 앞에는 오이의 씨앗이 뿌려졌다.

그때, 캇파의 배에서 꼬르륵 소리가 났다.

"아, 배가 많이 고프네."

"뭐가 먹고 싶은데? 뭐든 대령하라고 시킬게!"

"사람."

왕이 놀라 한 발짝 뒤로 물러섰다.

"농담이야."

캇파가 낄낄거렸다.

"난 오이면 족해."

"오이?"

"응, 싱싱한 오이와 통통한 잉어가 캇파가 제일 좋아하는 음식이야."

"오이와 잉어…… 그러고 보니 요즘 밥상에 생선이랑 오이가 자주 동나던데."

캇파가 씨익 웃었고, 왕도 씨익 웃었다.

"알았어! 내 캇파 친구에게 언제나 오이가 떨어지지 않게 해 줄게!"

왕은 해맑게 웃으며 말했고, 캇파는 뭐가 어떻게 돌아가는 건지는 모르겠지만 일단 같이 웃었다.

그 모습을 보며, 왕은 생각했다. 첫 번째 친구는 귀신이었고, 두 번째 친구는 요괴…… 나쁘지 않은데?

"왕이 죽은 후에도 내가 이곳에서 늘 지켜봐 줄게. 나중에 이 궁이 다시 지어져서 자시키와라시가 돌아오면, 내가 왕의 이야기를 전해줄게. 한참을 미안해했다고. 보고 싶어 했다고."
 캇파의 말에 왕은 고개를 힘차게 끄덕였고, 캇파는 입이 찢어져라 웃었다.

"잘 복원시켜, 멋지게 꾸민다."

고개를 저었다.

"지금은 힘들어. 저 정도 건물을 지으려면 예산도, 시간도 철저하게 계산해야 해. 얼마나 걸릴지 모르겠어. 어쩌면, 내가 죽은 후에도 계속 공사를 해야 할지 몰라."

"괜찮아. 내가 대신 지켜봐 줄게."

캇파가 말했다.

캇파는 잠시 생각에 잠겼다. 눈앞의 경회루를 바라보다 "아아, 이런."하고 한마디 했다. 왕을 다시 바라보더니 조심스레 말했다.

"그건 아이가 아니야."

"아이가 아니라고?"

"응, 그건 경회루 성주신이야."

"그게 무슨 소리야? 성주신은 아까 그 할아버지들이잖아?"

"성주신은 자신의 마음대로 모습을 바꿀 수 있어. 어린아이로도, 노인으로도, 여자로도. 귀신이니까. 우리나라서는 '자시키와라시'라고 부르기도 해. 자시키와라시는 늘 어린애처럼 하고 다니긴 하지만."

"그렇다면 나는……"

이 궁을 떠날 때 월영을 버렸다. 내 탓에 그 아이를 잃었다.

왕은 입을 더 이상 열지 못했다. 캇파는 울상이 된 왕을 잠시 바라보다 덧붙였다.

"어쩌면 다시 나타날지도 몰라."

"그게 무슨 소리야? 그 아이는 죽은 거잖아?"

"혼은 죽지 않아. 다만 형체 없이 떠돌 뿐이야. 만약 왕이, 이 곳을 잘 복원시키고, 멋지게 꾸민다면 나타날지도 몰라. 귀신은 본래 자신이 살던 곳에 있고 싶어 하니까."

"잘 복원시켜 멋지게 꾸민다."

왕은 고개를 돌렸다. 잿더미가 되어버린 경회루를 바라보며 나직이 한 번 더 읊조렸다.